6 Octobre 1891. V

VENTE

Des Mardi 6, Mercredi 7, Jeudi 8 Octobre 1891

EN UNE VILLA

34, QUAI DE SAINT-CLOUD, 34

A SAINT-CLOUD (près le Pont)

EXPOSITIONS :

Particulière : le Dimanche 4 Octobre 1891

Publique : le Lundi 5 Octobre 1891

De 1 h. 1/2 à 5 h. 1/2.

Me LEROUX
Greffier de la Justice de Paix
de Sèvres.

M. E. VANNES
EXPERT
54, Faubourg-Montmartre, Paris.

IMPRIMERIE DE L'ART

MOYENS DE COMMUNICATION

Gare Saint-Lazare, par les Moulineaux, descendre au Pont de Saint-Cloud, trains aux heures 45 minutes.

Par **Saint-Cloud (Ville)**, trains aux heures 5 m.

Bateaux, tous les quarts d'heure, descendre au Pont de Saint-Cloud.

Tramway du Louvre à Saint-Cloud, descendre au Pont de Saint-Cloud.

La Villa, 34, quai de Saint-Cloud, est à 5 minutes du Pont de Saint-Cloud.

CATALOGUE

D'UN

BEAU MOBILIER

GARNISSANT UNE VILLA

34, quai de Saint-Cloud, 34

PRÈS LE PONT DE SAINT-CLOUD

Salon Louis XVI, Bibliothèque, Salle à manger en noyer ciré
Fumoir oriental, Belles Chambres à coucher
Salon du premier étage, Cabinets de travail et Toilette, Salle de billard

OBJETS D'ART, PORCELAINES, FAIENCES

BRONZES

de chez Barbedienne, Thiébaut, Allin, etc.

Statuettes, Coupes, Lampes, Groupes, Vasques

TAPISSERIES VERDURES

Nombreux Tapis d'Orient, Tentures, Tapis divers

BIJOUX

en or montés de beaux brillants
Bagues, Broches, Bracelet, Colliers, Pendants d'oreilles

PAIRE DE BEAUX SOLITAIRES EN BRILLANTS

TABLEAUX, GRAVURES

Fourrures, Glaces, Tentures

LIVRES

Plaqué, Batterie de cuisine, Sièges de jardin, Débarras divers

CHARRETTE ANGLAISE, PONEY, HARNAIS

CLIPPER DE QUATRE TONNES ET SON GRÉEMENT

Les Mardi 6, Mercredi 7 et Jeudi 8 Octobre 1891

34, quai de Saint-Cloud, 34

PRÈS LE PONT DE SAINT-CLOUD

Me LEROUX

GREFFIER

à la Justice de paix de Sèvres, faisant fonction de commissaire-priseur.

M. E. VANNES

EXPERT

54, rue du Faubourg-Montmartre, 54
à Paris.

EXPOSITIONS

PARTICULIÈRE

Le Dimanche 4 Octobre 1891

DE 1 H. 1/2 A 5 H. 1/2

PUBLIQUE

Le Lundi 5 Octobre 1891

DE 1 H. 1/2 A 5 H. 1/2

Nota. — La propriété sera vendue à la Chambre des notaires de Paris.

CONDITIONS DE LA VENTE

La vente sera faite au comptant.

Les acquéreurs payeront, en sus de leur adjudication, *dix pour cent* applicables aux frais.

L'exposition mettant les acquéreurs à même de se rendre compte des objets vendus, aucune réclamation ne sera admise une fois l'adjudication prononcée.

Paris. — Imp. de l'Art, E. Ménard et Cie, 41, rue de la Victoire.

DÉSIGNATION DES OBJETS

BIJOUX

1 — Paire de solitaires pesant ensemble 7 carats.

2 — Bague en or montée de deux brillants blancs; l'anneau brisé est pavé de quatre brillants et de deux roses.

3 — Bague-chevalière montée d'un brillant.

4 — Bague ancienne montée d'un brillant.

5 — Paire de pendants d'oreilles montés de tables de couleur, de gros brillants teintés et de petits brillants sur les pendeloques.

6 — Bracelet en or monté de roses.

7 — Bracelet en or repercé.

8 — Bracelet-serpent en or guilloché; la tête du serpent est montée d'une table de rubis et de nombreuses roses.

9 — Médaillon en forme de marguerite montée de deux cercles de roses, d'une turquoise imitation et, en pendeloque, d'un gros brillant attaché par un nœud monté de brillants et de roses.

10 — Petite châtelaine or.

11 — Bague anneau or avec devise niellée.

12 — Deux boutons de manchettes formés par deux pièces d'or russes.

13 — Bracelet fait d'un large cercle plat en or.

14 — Collier en or. Genre grec.

15 — Chaîne tour de cou en or, avec coulant.

16 — Collier en or formé par un serpent souple.

17 — Collier anneau en or ciselé.

18 — Nécessaire en or ; gaine ivoire.

19 — Cabaret en argent d'époque Empire.

20 — Éventails en dentelle.

21 — Lorgnettes de théâtre.

FOURRURES

22 — Grand manteau, étoffe matelassée de soie et velours, et garni de castor naturel.

23 — Jaquette en velours frappé garni de loutre.

24 — Jaquette garnie de caraculle.

25 — Jaquette en drap.

26 — Manchon en castor naturel.

27 — Palatine blanche en hermine.

28 — Châle de l'Inde cachemire carré.

ANTICHAMBRE

29 — Grande banquette formant coffre à bois en noyer ciré, de style Renaissance, à fronton, à plates-bandes et bras d'accotoirs.

30 — Meuble porte-chapeaux et porte-parapluies en noyer ciré, à voussure godronnée, avec glace et petite table d'avancée sur colonnettes cannelées.

31 — Quatre chaises de style gothique anglais en noyer ciré, couvertes en velours de lin vieux rouge, avec bandes de tapisserie verdure.

32 — Table d'antichambre en noyer ciré, de style Renaissance, sur pieds reliés par une galerie à arceaux sculptés d'acanthes.

33 — Trois portières doubles en velours de lin vieux bistre, avec bandeaux plats.

34 — Tapis velouté rouge, avec passage.

35 — Jardinière en porcelaine d'Ovari, décorée de chrysanthèmes.

36 — Deux bougeoirs en faïence, de style mauresque.

37 — Plateau rectangulaire en cuivre poli et gravé, du temps de Louis XV.

38 — Lampe boule en cuivre poli, de chez Gagneaux.

PETIT PALIER

39 — Grande jarre en majolique, décorée en réserve et en gros bleu dans le goût néo-grec.

40 — Petite table-support en bois noir, avec plaquette en faïence de Collineau.

41 — Porte-cannes en chêne clair.

42 — Lampe juive en cuivre poli.

43 — Tenture de cinq rideaux drapés, en granité fleuri.

44 — Petite glace d'applique. Cadre en bois sculpté d'attributs.

BIBLIOTHÈQUE

45 — Grande bibliothèque en poirier noirci et ciré, à deux corps ; celui du bas à trois vantaux pleins, le corps du haut à trois portes vitrées, et terminée par un fronton sculpté.

46 — Petit bureau-ministre en poirier noir, sur pieds à entretoises.

47 — Table à jouer en poirier noirci, sur pieds cannelés.

48 — Armoire en poirier noirci, à moulures.

49 — Deux chaises en bois noir, à petits dossiers, couvertes en velours de lin bleu.

50 — Fauteuil de bureau, dossier carré, couvert en granité.

51 — Chaise à galerie.

52 — Chaise Louis XVI, couverte en velours frappé.

53 — Petite table de fumeur.

54 — Lustre fin Empire en bronze doré.

55 — Statuette de Méphisto, en bronze, de Pierre Oger. — Haut., 85 cent.

56 — Deux lampes en craquelé de Canton, décorées en bleu.

57 — Statuette de sphinx moderne, en bronze.

58 — Lampe en porcelaine du Japon bleu sur blanc.

59 — Encrier en composition et cristal.

60 — Coupe vide-poches en bronze patiné; couvercle avec statuette de Pomone.

61 — Autre : Sphinx égyptien.

62 — Flambeau de bureau, bronze doré et argenté, à chimère.

63 — Deux statuettes en bronze, sur socles triangulaires. Style de la Renaissance italienne.

64 — Statuette assise de Lamartine, en bronze.

65 — Grand plat en terre de Bocaro (Japon), décoré de personnages boudhiques et d'un marli rehaussés d'or.

66 — Autre grand plat en faïence laquée du Japon.

67 — Galerie de foyer et pare-étincelles en cuivre poli.

68 — Croisée en jute imprimée et drapée à l'italienne.

69 — Deux portières semblables à la croisée, l'une montée à tête flamande et l'autre à lambrequin plat.

70 — Bandeau de cheminée en tapisserie, bordure à fleurs, et frangé.

71 — Tapis de la pièce, fond rouge à ramages, encadré de tapis velouté rouge.

72 — Deux gravures d'après Rubens. Galerie du Louvre.

73 — Glace de cheminée. Cadre garni de peluche rouge vif.

PETIT FUMOIR ORIENTAL

74 — Canapé à dossier carré, crosses à coussins, garni à plate-bande et couvert de velours épinglé oriental.

75 — Deux chaises allant avec le canapé.

76 — Pouf carré couvert d'un tapis oriental fond bleu semé de fleurs brodées d'argent.

77 — Deux chaises style Henri II, à dossiers sculptés, couvertes en velours rouge.

78 — Tabouret X oriental en bois laqué.

79 — Tabouret à café incrusté de nacre et d'ivoire.

80 — Coffret sèche-cigares portugais incrusté de nacre et d'écaille.

81 — Plateau carré en bois du Tonkin, incrusté de burgau.

82 — Deux consoles en bois doré, soutenues par des nègres posant sur des volutes.

83 — Vase en faïence de Kutani (Japon), décoré en vert de cuivre et monté de bronze doré.

84 — Deux vases balustre en cloisonné bleu de Tokio.

85 — Panoplie montée d'armes de la Circassie, niellées d'argent.

86 — Casque, cotte de mailles, bouclier, brassard, cimeterre, cinq sabres et couteaux.

87 — Fusil de chasse à deux coups, canon moiré. Fabrique de Saint-Étienne.

88 — Deux bougeoirs d'appliques en fer forgé.

89 — Quatre appliques en grès de la Chine.

90 — Glace carrée à biseaux. Cadre italien en bois sculpté.

91 — Cinq petits coussins couverts en velours brodé et étoffes diverses.

92 — Instruments de musique du Japon.

93 — Deux panneaux en bois laqué du Japon.

94 — Nombreux éventails divers.

95 — Tapis oriental fond rouge encadré de bistre.

96 — Garniture de croisée formée de deux pentes et d'un bandeau.

97 — Deux portières faites d'étoffe persane ancienne.

98 — Encoignure en bois laqué et doré.

99 — Vase en porcelaine turquoise.

SALON

100 — Meuble de salon de style Louis XVI, en acajou ciré sculpté et rechampi d'or, couvert en broché crème à fleurs, composé de deux canapés, quatre fauteuils et quatre chaises.

101 — Deux fauteuils Louis XVI en bois doré, couverts en tapisserie d'Aubusson, à fleurs.

102 — Pouf de forme ronde en bois doré style Louis XVI, à entretoise, couvert en armure de soie, brodé au plumetis de bouquets de fleurs.

103 — Autre pouf de forme ronde garni de lampèze à fleurs.

104 — Grand coussin oriental.

105 — Deux stores à l'italienne en soie brochée.

106 — Deux croisées drapées à l'italienne, en

broché de soie à fleurs avec pente en satin assorti, et galerie en bois doré, à oves, laurées.

107 — Deux garnitures de portières doubles en satin gourgouran rose antique ; la draperie jetée sur la galerie est de lampas à fleurs.

108 — Autre jolie portière double en satin argent brodé de roses et de volubilis noués de rubans ; la draperie à trois festons est jetée sur une galerie en bois doré à tablier et attributs champêtres.

109 — Tapis de dos de piano droit en velours vert d'Orient, brodé au passé, avec sa tablette.

110 — Tabouret de piano style Louis XVI, en acajou ciré rechampi d'or, sur quatre pieds à croisillons, garni en tapisserie de soie brodée au plumetis.

111 — Piano droit de Pleyel à sept octaves, en palissandre.

112 — Petite table à jeu en palissandre ciré et marqueterie, de forme carrée, sur pieds cannelés.

113 — Meuble d'entre-deux en marqueterie de couleur, décoré d'attributs champêtres, encadré en palissandre, à filets et moulures; les côtés sont à colonnettes cannelées terminées par des statuettes de femmes en bronze doré. Dessus en marbre blanc.

114 — Table de salon en palissandre, à pieds cannelés, à plate-bande quadrillée; le plateau est décoré en marqueterie de couleurs sur bois de satin, d'attributs champêtres avec encadrement de bois de thuya, filets en bois de rose et moulure de bronze doré.

115 — Bureau de dame en vernis aventuriné semé de fleurs, genre de Martin, sur quatre pieds fuselés réunis par une entretoise, à arcature cintrée, nombreux tiroirs, galerie de cuivres polis et repercés.

116 — Deux consoles en bois doré sur pieds cannelés, vase à guirlande sur le croisillon, marbres blancs à gorge. Style Louis XVI.

117 — Deux petites tables en acajou sur pieds droits, avec tablette formant croisillon; les plates-bandes sont décorées en vernis genre

Martin, le dessus est en marbre Sainte-Anne à galerie de cuivre poli repercé.

118 — Petite table forme cœur en vernis Martin, formant vide-poches; le plateau peint d'une bergère.

119 — Petit paravent de quatre feuilles, à double face, en noyer sculpté, glaces biseautées, et garni de soie brochée encadrée de peluche.

120 — Deux gaines en marbre.

121 — Colonnette en marbres de couleur.

122 — La Fortune, de Mercié, bronze de chez Thiébaut; pied en marbre rouge jaspé avec tore de lauriers et appliques dans les canaux. — Haut., 68 cent.

123 — La Femme au papillon, de Mathurin Moreau, bronze; socle en marbre noir. — Haut., 75 cent.

124 — Deux cornets en cristal avec pieds en bronze doré, de chez Barbedienne.

125 — Coupe vide-poches en bronze, de Barbedienne.

126 — Paire de candélabres en bronze, montés sur des bouteilles en porcelaine de Canton.

127 — Jolie galerie de foyer en bronze doré, de style Louis XVI, formée par des carquois.

128 — Pare-étincelles style composite, en bronze doré.

129 — Table-guéridon sur trois pieds perlés avec nœuds, et plateau en marbre vert de mer.

130 — Paire de vases balustre en vieux cloisonné de la Chine, formant lampes ou porte-bouquets.

131 — Lustre en bronze de style Louis XVI, à vingt-quatre lumières, modèle dit à draperies.

132 — Beaux candélabres en bronze doré au mat; à chacun huit lumières, de style oriental. Édition de Thiébaut.

133 — L'Amour à la Colombe. Marbre blanc, d'après Pigalle.

134 — L'Amour légitime. Bronze de Drouot. — Haut., 35 cent.

135 — L'Amour naturel. Pendant du précédent. — Haut., 35 cent.

136 — Brûle-parfums en faïence de Kioto, avec anses et couvercle à chimères.

137 — Paire de bouts de table, en bronze doré et ciselé, de chez Thiébaut; sur socles en marbre.

138 — Femme sortant du bain. Marbre blanc, d'après l'antique.

139 — Deux grands vases à fleurs, décorés en relief de guirlandes de fleurs.

140 — Grande glace dorée de style Louis XVI, cintrée.

141 — Glace en longueur. Cadre genre Venise.

142 — Statuette de Manola. Bronze. — Haut., 53 cent.

143 — Petite garniture de cheminée : pendule de forme et de style byzantin en bronze doré, garnie de médaillons en porcelaine décorée, et deux bougeoirs à deux lumières.

144 — Deux statuettes en porcelaine de Saxe : Berger et Bergère.

145 — Deux aquarelles : vases et bouquets de fleurs, par Astruc.

146 — N. Diaz (École de). Jeune Femme à la fontaine. Peinture.

147 — Bonnington. Seigneurs dans un parc.

148 — Lanoue. Vue de Hollande.

149 — Desbrosses. Paysage.

150 — Tapis de la pièce en moquette française à fond blanc. Dessin oriental.

151 — Quatre rideaux de vitrage en linon brodé et imprimé.

SALLE A MANGER

DE STYLE RENAISSANCE EN NOYER CIRÉ

152 — Buffet à deux corps, à galeries de colonnettes, avec panneau central sculpté d'une tête de lion en relief.

153 — Table carrée sur quatre pieds reliés par des croisillons, et une galerie centrale à colonnettes cannelées.

154 — Servante pannetière à panneaux sculptés à galerie et marbre griotte.

155 — Meuble argentier, sur colonnettes, à deux panneaux vitrés.

156 — Dix chaises style Henri II, couvertes en maroquin frappé.

157 — Meuble crédence en chêne sculpté, monté sur colonnettes; les tiroirs et les vantaux sont formés de panneaux anciens de la Renaissance flamande.

158 — Autre meuble crédence à panneaux sculptés, encadrés de plates-bandes dites en corde à puits.

159 — Deux consoles d'applique en noyer, reposant sur des chimères sculptées en ronde bosse.

160 — Paravent à quatre feuilles, en laque du Japon.

161 — Lustre-suspension style Renaissance, en cuivre poli, à vingt-quatre lumières et une lampe.

162 — La Chasse, statuette d'homme. Bronze par Rodier.

163 — La Pêche, statuette de femme. Pendant du précédent.

164 — Paire de vases en bronze du Japon, niellés de parties d'or.

165 — Déjeuner en porcelaine du Japon fond noir.

166 — Deux pots à thé en porcelaine du Japon.

167 — Deux cornets en faïence de Delft.

168 — Paire de candélabres en bronze argenté. Style Louis XV.

169 — Jardinière de surtout en bronze argenté. Style Louis XV.

170 — Paire de vases sang de bœuf en porcelaine de Chine, montés de bronzes.

171 — Vase balustre en porcelaine de Chine, décoré sur blanc et en bleu de personnages.

172 — Éléphant brûle-parfums, en émail cloisonné de Chine.

173 — Deux vases en grès turquoise de Chine.

174 — Deux bouteilles en faïence Collinot.

175 — Service à café en porcelaine fleurie du Japon.

176 — Régulateur suisse en noyer.

177 — Glace biseautée. Cadre en chêne sculpté.

178 — Dix assiettes en faïences diverses.

179 — Deux potiches en Delft.

180 — Tableau : Poissons. École flamande.

181 — Deux croisées et deux portières doubles en drap havane, appliquées de larges bandes assorties en velours épinglé, doublées de satin.

182 — Tapis de table en velours frappé.

183 — Tapis de Smyrne couvrant la pièce, encadré de bistre.

184 — Bandeau de cheminée en tapisserie.

ESCALIER

185 — Tapis d'escalier fond rouge à palmettes, avec tringles en cuivre. Deux étages.

186 — Vitraux de croisée, à médaillons.

187 — Panneau de vitrail : Charmeuse de serpents.

188 — Portière en velours de lin.

PREMIER ÉTAGE. PALIER

189 — Trois portières en karamanie.

190 — Gaine en marbre brèche.

191 — Lampe en flambé de Chine.

192 — Tapis garnissant le palier.

193 — Deux colonnettes en marbre.

194 — Deux grands vases à anses, en porcelaine laquée fond noir, du Japon.

195 — Trois portières diverses.

196 — Lanterne chinoise.

SALON DU PREMIER ÉTAGE

197 — Canapé, quatre fauteuils et quatre chaises, de style Louis XIV, en noyer ciré rehaussé de coquilles dorées et recouvert en étoffe dite point de Hongrie.

198 — Table de milieu en certosine, montée sur pieds à cariatides et à griffes.

199 — Console rectangulaire, de style Louis XIV, en noyer ciré sculpté, rehaussé de touches d'or, avec entretoise sculptée; tablette en marbre griotte.

200 — Autre console d'entre-deux, de style Louis XIV, en noyer sculpté; tablette en marbre griotte, à doucine.

201 — Deux encoignures Louis XV en marqueterie, garnies de bronzes; tablettes en marbre.

202 — Écran en noyer sculpté, de style Louis XIV, garni d'armure brodée d'un bouquet de fleurs.

203 — Fausse cheminée en velours de lin et en tapisserie de la Renaissance.

204 — Grand panneau en tapisserie verdure : Tigres jouant dans les herbes. Au fond, un château. — Haut., 2 m. 90 cent.; larg., 3 m. 35 cent.

205 — Grand panneau de tapisserie verdure. Pendant du précédent. — Haut., 2 m. 90 cent.; larg., 2 m. 75 cent.

206 — Petit panneau d'entre-deux en verdure. — Haut., 2 m. 90 cent.; larg., 75 cent.

207 — Trois colonnettes garnies en peluche.

208 — Paravent à deux feuilles garni à l'intérieur d'un satin bouton d'or du temps de Louis XIV, complètement brodé au passé et au plumetis de personnages, d'oiseaux, de fleurs et de ramages. L'extérieur est garni de peluche rose thé.

209 — David, vainqueur de Goliath, par Mercié. Bronze de Barbedienne. — Haut., 70 cent.

210 — Le Petit Pêcheur, bronze, par Ascoli. — Haut., 58 cent.

211 — Deux candélabres de style Louis XVI, formés par deux nègres debout sur des socles en marbre blanc, à canaux, et portant des cornes d'abondance gerbées, en bronze doré. A chacun, quatre lumières.

212 — Pendule de style Louis XV, en vernis Martin, garnie de bronzes.

213 — Baromètre-thermomètre en bois de rose, de style Louis XV, garni de bronzes ciselés et dorés.

214 — Deux grands vases en céladon émaillé de la Chine, décorés de nombreux personnages.

215 — Paire de belles potiches à couvercles de forme ovoïde, en porcelaine décorée, sur double face, de personnages en costumes du XVIIIe siècle, avec deux plates-bandes en vert d'eau tendre à bouquets de fleurs.

216 — Paire de lampes émaillées en vert de cuivre, à réserves d'oiseaux et de fleurs, et montées en bronze doré mat.

217 — Lustre à dix-huit lumières, en bronze

patiné, de style composite, de la maison Thiébaut.

218 — Deux appliques de style Louis XV.

219 — Coupe en marbre sanguine; le pied est en cuivre poli, à mufles de lion.

220 — Grande paire de lampes, formée de deux beaux vases en faïence de Kioto cannelée et rehaussée d'or; les montures en bronze repercé, à têtes de chimères, sont de la maison Marchand.

221 — Deux pitongs en ivoire, sculptés de scènes de combat japonais; pieds en laque.

222 — Deux consoles d'applique en vernis Martin.

223 — Deux vases cornets en ancien émail cloisonné de la Chine.

224 — Important buste de Minerve, en biscuit.

225 — Deux croisées à pentes en peluche avec

bandeaux en point de Hongrie, à draperie jetée.

226 — Deux portières, à têtes flamandes, garnies de tapisserie verdure.

227 — Tapis du Daghestan, encadré de velouté rouge.

228 — Deux coussins en satin brodé.

PREMIÈRE CHAMBRE A COUCHER

229 — Grand lit de milieu style Renaissance, en noyer sculpté, à grand dossier avec fronton, petit dossier à colonnettes cannelées.

230 — Armoire à glace et table de nuit allant avec le lit.

231 — Secrétaire à abattant en ronce de thuya et marqueterie de couleur; dessus en marbre blanc.

232 — Bureau de dame en palissandre ciré, à filets et moulures de cuivre, avec une vitrine centrale.

233 — Commode Louis XV laquée à deux tiroirs.

234 — Petite table ovale en vernis Martin, à pieds cannelés, et tablette inférieure.

235 — Chaise longue anglaise, en étoffe brochée et lamée.

236 — Deux fauteuils semblables.

237 — Trois chaises volantes à colonnettes, en noyer sculpté.

238 — Toilette duchesse garnie de tulle brodé.

239 — Garniture de cheminée en bronze doré de style Louis XVI, composée d'une pendule et de deux candélabres.

240 — Joli lustre-jardinière en bronze doré, orné d'amours en volutes.

241 — Paire de vases, patinés sur piédouches.

242 — Galerie de foyer de style Louis XVI.

243 — Deux vases en céladon de Chine.

244 — Deux candélabres de style Louis XVI, en bronze doré.

245 — L'Enfant au coquillage, bronze de Carpeaux. — Haut., 35 cent.

246 — Statuette de femme en biscuit.

247 — Deux petites appliques avec glaces.

248 — Grande glace dorée de cheminée.

249 — Glace carrée à fronton. Cadre en bois sculpté et doré.

250 — Tenture de lit en reps de soie mouliné et broché à fleurs, de ton bleu acier, drapée, avec feston et fond de lit en peluche; le baldaquin est torsadé de ton assorti.

251 — Deux croisées et trois portières simples de même étoffe que la tenture du lit.

252 — Tablette de cheminée en peluche bleu ancien.

253 — Beau couvre-lit en peluche de soie avec applications en satin.

254 — Deux coussins en satin brodé.

255 — Tapis couvrant la pièce, en bistre.

256 — Peinture sur panneau : la Vierge et son Fils. École espagnole.

257 — École moderne. Le Lever de l'enfant.

258 — École italienne. Madeleine au désert.

259 — Leo Herment. Les Éclaireurs; effet de neige.

260 — Gravure d'après Fragonard : la Coupe d'amour.

261 — École moderne. Jeune Femme.

262 — Deux gravures.

CABINET DE TOILETTE

263 — Toilette en marbre d'Égypte, avec glace cintrée.

264 — Paire d'appliques en cuivre poli.

265 — Armoire à glace en pitchpin.

266 — Cuvette et son aiguière en métal gravé, guilloché et argenté.

267 — Deux chaises anglaises à torsades.

268 — Croisée et trois portières simples en velours épinglé ton bleu.

269 — Tapis couvrant la pièce.

270 — Guéridon laqué.

271 — Garniture de toilette en porcelaine de Sèvres fond rose, composée de : cuvette et pot à eau, boîte à poudre, boîte à épingles, boîte à savon et boîte à éponge.

DEUXIÈME CHAMBRE A COUCHER

272 — Lit style Louis XVI, en palissandre ciré, à grand dossier avec fronton sculpté de rubans et de palmes; la plate-bande est à canaux et à colonnettes, ainsi que le petit dossier.

273 — Armoire à glace biseautée, de même style que le lit et de même décoration.

274 — Table de nuit et commode-toilette en palissandre ciré, de même style.

275 — Petite vitrine en palissandre ciré, à filets de cuivre poli. Dessus de marbre.

276 — Petit bureau de dame à abattant, en bois de rose et marqueterie de style Louis XVI.

277 — Jolie table-bureau en palissandre ciré; le dessus est en marqueterie de couleur, simulant une tapisserie à la main.

278 — Glace ovale, cadre doré à fronton feuillagé.

279 — Grande glace dorée, de cheminée, à fronton.

280 — Galerie de foyer en bronze doré.

281 — Lustre à six lumières, en cuivre poli.

282 — Petite pendule en vernis Martin.

283 — Paire de candélabres en bronze, à cariatides.

284 — Petite glace ovale, montée en bronze doré, de chez Barbedienne.

285 — Deux petits fauteuils jarretière, l'un capitonné.

286 — Chaise volante à colonnettes.

287 — Tenture de lit en broché, baldaquin à festons.

288 — Croisée et deux portières de même étoffe, à têtes flamandes.

289 — Dessus de lit en broché, avec plates-bandes de peluche et festons.

290 — Tapis de la pièce, fond noir, à grands ramages en clair.

291 — Diane de Poitiers. École de Fontainebleau. Peinture.

292 — Femme à la fontaine, peinture sur porcelaine, de L. Levy.

293 — L'Automne, jeune femme, de Bouillon.

294 — Aquarelle gouachée, paysage.

295 — Vierge. École italienne.

PETIT CABINET DE TRAVAIL

296 — Petit bureau-liseuse, en marqueterie genre Boule. Style Louis XV.

297 — Meuble d'entre-deux en marqueterie.

298 — Petite table-guéridon garnie d'une molure de cuivre; dessus en peluche.

299 — Belle armoire normande Louis XVI, à panneaux sculptés, fronton à oves.

300 — Deux consoles en bois sculpté rechampi d'or.

301 — Glace style Louis XIII à plates-bandes biseautées, garnie de cuivres.

302 — Fauteuil style Louis XV en noyer sculpté.

303 — Chaise style Louis XV en noyer sculpté, couverte en broché à fleurs.

304 — Trois fauteuils de repos, en bambou, à coussins couverts en épinglé et en lampas.

305 — Buste de Marie-Antoinette, bronze.

306 — Buste de Madame de Lamballe, bronze.

307 — Trois kakémonos du Japon, peints sur soie.

308 — Croisée drapée et portière, en molleton bleu, appliquées de bandes de toile brodée.

309 — Tapis de la pièce, à ramages sur fond rouge.

310 — Vase en flambé de Chine.

311 — Léon Abry. Le Code civil, peinture.

PALIER DU TROISIÈME ÉTAGE

312 — Trois portières doubles en jute à fleurs et bandeaux.

SALLE DE BILLARD

313 — Petit billard en érable et palissandre, de chez Giraux jeune.

314 — Jeu de billes en ivoire.

315 — Accessoires, queues, tableau.

316 — Deux banquettes de salle de billard, en noyer, couvertes en peluche.

317 — Cinq gravures diverses.

318 — Deux colonnettes en marbre.

319 — Table à jeu en acajou.

320 — Deux fauteuils Louis XVI, en noyer.

321 — Cinq chaises diverses.

322 — Deux paires de rideaux soutachés.

323 — Deux portières orientales.

324 — Tapis couvrant la salle, fond rouge à palmettes.

325 — Deux grands vases de forme hexagonale en porcelaine de Chine, fond rose et bleu tendre, décor à attributs, plates-bandes fleuries au pied et au col.

FUMOIR

326 — Divan et deux coussins couverts en tapisserie verdure des Flandres.

327 — Deux chaises et une fumeuse couvertes en tapisserie verdure.

328 — Deux fauteuils à coussins, couverts en dos de mulet d'Orient.

329 — Meuble carré en chêne sculpté.

330 — Deux chaises à dossiers sculptés couvertes en moquette.

331 — Fausse cheminée garnie en étoffe d'Orient.

332 — Petite table sur colonnettes.

333 — Paire de rideaux et deux portières à tête flamande.

334 — Tapis en moquette. Style persan.

335 — Pendule et deux candélabres de style Louis XIII, bois et bronze.

336 — Deux vases en vieil émail cloisonné du Japon.

337 — Coupe en bronze.

338 — Vingt-trois tableaux divers : paysages, études, fleurs, marines, etc.

TROISIÈME CHAMBRE

339 — Lit, armoire à glace et table de nuit en pitchpin.

340 — Toilette en pitchpin.

341 — Bibliothèque en pitchpin.

342 — Glace garnie et drapée.

343 — Deux chaises cannées.

344 — Deux chaises anglaises garnies.

345 — Guéridon en pitchpin.

346 — Garniture de lit : une croisée, deux portières en cretonne à fleurs.

347 — Tapis couvrant la pièce.

QUATRIÈME CHAMBRE

348 — Lit, armoire à glace et table de nuit en pitchpin et baguettes de bambou.

349 — Toilette à coiffer. Fabrication anglaise.

350 — Chaise longue bébé et fauteuil lambrequin, capitonnés, couverts en cannetillé.

351 — Trois chaises légères bois doré.

352 — Tenture de lit en velours de lin, drapé.

353 — Croisée, deux portières simples, semblables.

354 — Glace encadrée de peluche.

355 — Tapis de la pièce, en moquette.

356 — Deux appliques en cloisonné du Japon.

357 — Paire de lampes en porcelaine d'Ovari.

358 — Pendule en bronze.

CABINET DE TOILETTE

359 — Toilette à dessus de marbre blanc, avec tablette.

360 — Fauteuil anglais capitonné.

361 — Glace garnie.

362 — Croisée.

363 — Tapis en moquette rouge.

364 — Petite toilette à coiffer, en noyer.

LIVRES

365 — Larousse. 16 volumes.

366 — Balzac. 17 volumes.

367 — Malte-Brun. 12 volumes.

368 — Henri Martin. (Histoire de France.) 17 volumes.

369 — Victor Hugo. (Les Misérables.) 8 volumes.

370 — Lanfrey. (Histoire de Napoléon Ier.) 5 volumes.

371 — Proudhon. (Œuvres.) 21 volumes.

372 — Collin d'Harleville. (Œuvres.) 4 volumes.

373 — La Fontaine. (Œuvres.) 6 volumes.

374 — Racine. 6 volumes.

375 — Byron. 13 volumes.

376 — Voltaire. 13 volumes.

377 — Livres divers, romans, etc.

PLAQUÉ

378 — Réchauds, cloches, dessous de carafe, théières, cafetières, boîte à thé, etc.

379 — Service de table chiffré en faïence de Longwy.

380 — Verrerie, cristaux.

381 — Chambres de bonnes.

382 — Bonne et nombreuse literie.

383 — Statue de jardin.

384 — Bancs et sièges de jardin de chez Thonet.

385 — Débarras, porte-bouteilles.

386 — Batterie de cuisine en cuivre et fer battu.

BON CLIPPER

387 — Bon clipper de 4 tonnes, en chêne, avec son gréement composé de : dérive en fer, mâts de misaine, de beaupré, deux focs, une brigantine, une godelle, deux grands avirons, une ancre avec chaîne, portant le nom de LA TÊTE NOIRE. Bon porteur et bon marcheur ayant obtenu plusieurs médailles.

388 — Charrette anglaise.

389 — Poney hors d'âge.

390 — Harnais.

NOTA. — Le clipper, la charrette, le poney et ses harnais, seront vendus le jeudi 8 octobre, à trois heures.

www.ingramcontent.com/pod-product-compliance
Ingram Content Group UK Ltd.
Pitfield, Milton Keynes, MK11 3LW, UK
UKHW021008180726
13838UKWH00003B/1491